Ένας αστακός ιππότης και ο ιππόκαμπος ο Χιώτης

Αγγελική Παπαδοπούλου

Εικονογράφηση: Γιώργος Κόφτης

Angel's art club publishing
2η έκδοση

Συγγραφέας: Αγγελική Παπαδοπούλου
e-mail: papadopoulouaggeliki@gmail.com
E-SHOP
 www.aggelikipapadopoulou-e-shop.com
τηλ: 6972-823015

Εικονογράφηση: Γιώργος Κόφτης

©Pulishing Angel's Art club
Thessaloniki 2016
facebook: Αγγελική Παπαδοπούλου παραμύθια
ISBN   978-960-9691-07-9

Σελιδοποίηση-Σχεδιασμός: Angel's art club publishing

Ένας αστακός ιππότης
και
ο ιππόκαμπος ο Χιώτης

Αγγελική Παπαδοπούλου

Εικονογράφηση : Γιώργος Κόφτης

Αφιερωμένο με αγάπη
στα αγαπημένα μου ανίψια
Ζωή και Χρήστο

Στα γαλάζια νερά της θάλασσας στη Ρόδο ήταν
το βραχόσπιτο όπου ζούσε με τους δικούς του
ένας αστακούλης,
ο Κούλης. Το όνομά του το πραγματικό
Τσαμπίκος*, αλλά τον φώναξαν στην αρχή
Τσαμπικούλη και στο τέλος Κούλη.

*Τσαμπίκος και Τσαμπίκα είναι
ροδίτικα ονόματα που οφείλονται
στο
ξακουστό μοναστήρι του νησιού
της Παναγιάς της Τσαμπίκας.

Ονειρευόταν από μικρός να γίνει ιππότης και λίγο Δον Κιχώτης, με σπαθί, με πανοπλία και με άλογο σοφό, που θα ήταν ο καλύτερος του φίλος μα και βοηθός.

Κατασκεύασε ένα δικό του υποβρύχιο. Ήθελε να ταξιδέψει, για να βοηθήσει και να προστατέψει τη θάλασσα και τον κόσμο της.

-Άσε τις ονειροπολήσεις…, ακούστηκε η φωνή του **μπαμπά Πολύκαρπου.**

-Μα μπαμπά, εγω θα γίνω ιππότης!

Ένας ακόμη λόγος που ο Κούλης ονειρευόταν να γίνει ιππότης ήταν, **για να κερδίσει την καρδιά της** ρέγγας, **της Ρεγγίνας από τα νερά της Σαλαμίνας.**

Ο ερωτευμένος Κούλης, δεν είχε πια μυαλό
παρά μόνο για τη ρέγγα τη Ρεγγίνα από τη
Σαλαμίνα που ήταν πρίμα μπαλαρίνα.

Τη γνώρισε στη γιορτή της **Βίδας** της κυρίας Καραβίδας που έγινε **στην Ανδραβίδα** πριν από πολύ καιρό και από τότε, δεν σκεφτόταν τίποτε άλλο. Την είδε να χορεύει μπαλέτο, όταν εκείνος έπαιξε το κλαρινέτο και ζαλίστηκε.

Στα γράμματα που της έστελνε κάθε μέρα με τον **ταχυδρόμο τον κύριο Ξιφία** της **έγραφε ποιήματα,** σαν κι αυτό:

Όμορφη κοπέλα
με την κίτρινη
δανδέλα.
Μάτια σαν τα
δικά σου
δεν υπάρχουν
πουθενά.
Τα βλέπω και
ζαλίζομαι.
Κοιμάμαι,
στροβιλίζομαι.
Δεν αντέχω πια!

Αλλά η τσαχπίνα ρέγγα, η μικρή Ρεγγίνα, του απαντούσε πως θα αγαπήσει μόνο αυτόν που περιπέτειες στη ζωή του θα τολμήσει και πως δεν μπορούσε να περιμένει, γιατί ο γιος του Σπάρου ήταν πολύ ευγενικός, της έφερνε κάθε μέρα φύκια με μεταξωτές κορδέλες.

-Αν χρειαστεί, θα μονομαχήσω με
τον γιο του Σπάρου, μονολόγησε ο
Κούλης.
Αποφάσισε λοιπόν, να πάει στη Σχολή
των Ιπποτών, για να ξεκινήσει το ταξίδι
στο οποίο περιπέτειες θα τολμήσει, την
αγάπη του για να αποδείξει, αλλά και τον
κόσμο της θάλασσας να βοηθήσει.

Φόρεσε πανοπλία αστραφτερή από κοχύλια και
όστρακα, έφτιαξε και ένα σπαθί.
-Στο καλό και να προσέχεις…,
είπε κλαίγοντας η μαμά του η κυρία Μίνα.
-Να βοηθάς και να αγαπάς τη θάλασσα και
τον κόσμο της, αυτό θα σε κάνει σωστό
ιππότη και εμένα περήφανο αστακό,
ευχήθηκε ο μπαμπάς του, ο κύριος Πολύκαρπος.

Στον δρόμο συνάντησε τον **ιππόκαμπο τον Γιώτη** που ήταν απο την Χίο.
-Έχασα το σακ βουαγιάζ μου, όλα τα υπάρχοντά μου και όλα τα λεφτά μου. Τι θα απογίνω; είπε ο Γιώτης ο ιππόκαμπος, ο Χιώτης.
-Εγώ θα σε βοηθήσω να βρεις τον δρόμο σου. Μη φοβάσai!
Αν μαζί **στις θάλασσες** θα βγούμε, σίγουρα δε θα χαθούμε, είπε ο ερωτευμένος Κούλης.

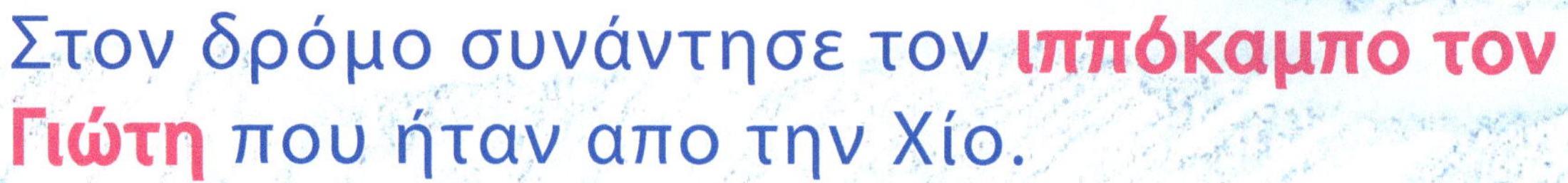

-Έχω όρεξη για τα ταξίδια, μα φοβάμαι τα κοχύλια που ανοιγοκλείνουν και σε ησυχία δε σ' αφήνουν, κλαψούρισε ο Γιώτης.
-Έλα τώρα, μη φοβάσαι, είμαι εγώ ιππότης, αστακός με πανοπλία, δε φοβάμαι και τα πλοία.

Ο Κούλης εξομολογήθηκε την αγάπη του για τη
ρέγγα την Ρεγγίνα στον φίλο του τον Γιώτη.
-Είσαι σίγουρος πως σε αγαπάει και για εσένα
καρδιοχτυπάει; ρώτησε με απορία.

-Μα το είπε καθαρά:
«Θ' αγαπήσει όποιον
περιπέτειες
θα τολμήσει».
Είμαι έτοιμος
για περιπέτειες,
δε με βλέπεις;
-Ναι, σε βλέπω,
είσαι οπλισμένος
σαν αστακός.
Να ξέρεις
πως
δε μου αρέσουν
τα όπλα.

-Πάω στη Σχολή των Ιπποτών
για να πάρω το πτυχίο,
να κάνω τη Ρεγγίνα
να κορδώνεται σα χήνα.

Ο Γιώτης ΈΝΙΩΣΕ πως ο Κούλης, θα γίνει ο
καλύτερος του φίλος.
Σαν τους Χιώτες πάνε δυο-δυο
με αέρα δυνατό,
στης θάλασσας επάνω τον αφρό.
Αφού κάνανε το υποβρύχιο κανό
για να χωράνε και οι δυο.
Έβαλαν πλώρη για νέες περιπέτειες, για να πάνε
μακριά, στα βαθιά νερά. Όταν ξάφνου, είδαν
μπρος τους
ένα τέρας με πορτοκαλί ουρά.
-Ούι μανούλα μου, φοβάμαι! είπε και κρύφτηκε σε
μια σπηλιά ο ιππόκαμπος ο Γιώτης.

Όταν με μια δυνατή σπρωξιά και ένα δάγκωμα μες στην κοιλιά
ο ιππότης αστακούλης - ο μικρός ο Κούλης -
τον ακινητοποίησε και στην άμμο τον τακτοποίησε..

-Μα γιατί με δάγκωσες μικρέ με τις δαγκάνες
σου τις μυτερές;
-Γιατί είσαι τέρας, του είπε με θάρρος ο Κούλης.
-Για τα μάτια μίας ρέγγας, συμπλήρωσε ο Γιώτης
δειλά-δειλά, ξεπροβάλλοντας πίσω από τα
κοράλλια.
-Είμαι ιππότης, βοηθάω τον κόσμο της
θάλασσας.
-Δε 'πα να είσαι και ο Παναγιώτης...
-Ποιος είναι ο Παναγιώτης; Εγώ είμαι ο ιππότης!
-Μα αν στ' αλήθεια θέλεις να βοηθήσεις σαν
ιππότης όπως λες, πήγαινε στη θάλασσα της
Σύρου, μπλέχτηκε η Ντέλφη η όμορφη
δελφινούλα στα δίχτυα κάποιου ψαρά.
Πάω να κάνω ρεπορτάζ.

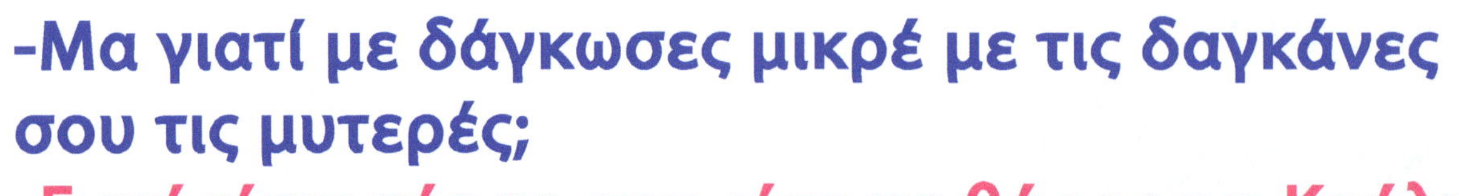

-Τι μου λες! **Ντε-λα-τέρας**, Εγώ ξέρω τον Κα-λα-
μα-ριέρας
Καλαμάρι από τα νερά της **Ριβιέρας**, είπε ο
Κούλης.
-Και εγώ ξέρω τον Μπαν-Τέρας, ηθοποιό
καριέρας,
συμπλήρωσε γελαστός ο Γιώτης.
-Ελάτε μαζί μου.
Όταν είμαστε πολλοί
να την σώσουμε μπορεί,
είπε το Τέρας Ντε-λα-τέρας.
Στριμωγμένοι λοιπόν σαν σαρδέλες στο μικρό
υποβρύχιο του Κούλη οι τρεις τους, έφτασαν στα
νερά της Σύρου και προσπαθούσαν να σώσουν
την Ντέλφη από τα δίχτυα. Τότε ο Κούλης έβγαλε
μια δυνατή φωνή.

-Όλοι πίσω! Με το σπαθί του, έκοψε τα δίχτυα,
μα με τις δαγκάνες... μπλέχτηκε ο ίδιος μέσα
σ' αυτά. Ενώ η γλυκιά Ντέλφη γλίστρησε με
ανακούφιση στην αγκαλιά της μαμάς της.
Όλοι χειροκροτούσαν.

Μαζεύτηκαν ψάρια πολλά και δελφίνια,
τσιπούρες, συναγρίδες, ένα φαγκρί και ένα
τσούρμο αστακοί.
Τα νέα διαδόθηκαν
γρήγορα
και η φωτογραφία
του Κούλη
τυλιγμένου μέσα στα δίχτυα
έκανε τον γύρο
των επτά θαλασσών.

-Ναι, θα είναι πολύ περήφανη να σε βλέπει κρεμασμένο μέσα στα δίχτυα, είπε γελώντας το Τέρας.

-Αν υποψιαστεί πως δεν τον θέλει, αλήθεια πολύ θα υποφέρει, τον διέκοψε ο Γιώτης.

Έτσι πέρασαν οι μέρες και οι τρεις φίλοι περιπλανήθηκαν στις θάλασσες μέχρι να φτάσουν στη Σχολή των Ιπποτών. Ο Κούλης, για να βοηθήσει τον κόσμο της θάλασσας, ο Γιώτης, για να βοηθήσει τον Κούλη και το Τέρας, για να βοηθήσει τον εαυτό του να πουλήσει καμιά καλή είδηση στον εκδότη του τον κύριο Ροφό.

Αποφάσισαν να ξαποστάσουν στην ταβέρνα του μπάρμπα Κοκοβιού, να φάνε να πιούνε και να ξεκουραστούν. Ξαφνικά ακούστηκαν φωνές να έρχονται από μακριά.

-Πάμε, φώναξε ο Κούλης. Το χταπόδι μάς χρειάζεται. Όλοι στην άκρη, είπε και με το σπαθί του άνοιξε την κλειδαριά, σήκωσε με τις δαγκάνες του το καπάκι και το χταπόδι ήταν ελεύθερο! Όλοι θαύμασαν το θάρρος του Κούλη. Δεν είχαν καταλάβει ότι κάποιος έλειπε.

Ο ιππότης αστακούλης - ο περίφημος ο Κούλης- χτύπησε στο κεφάλι από το καπάκι του μπαούλου και πήγε στο νοσοκομείο μ' ένα μεγάλο καρούμπαλο.

«Ήρωας σώζει χταπόδι από μπαούλο παλιού πλοίου!»

Ο Κούλης ήταν στη φωτογραφία,
της εφημερίδας **«Τα νέα του βυθού»**
με ένα καρούμπαλο στο κεφάλι σε μαύρο χάλι.
-Σε έχω κάνει ήρωα, όλοι μιλάνε για σένα! είπε ο
Ντε-λα τέρας.
-Ήρωα με ρούμπαλο πρώτη φορά βλέπω, είπε
ενώ, γέλασε ο Γιώτης.

-Καρούμπαλο…, διόρθωσε το Τέρας.

-Τι ρούμπαλο, τι καρούμπαλο το ίδιο είναι. Ένα «κα» λείπει.

ΤΑ ΝΕΑ
ΤΟΥ Β
ΑΦΙΕΡΩΜΑ:
ΦΥΚΙΑ!
10 + 1
ΣΥΝΤΑΓΕΣ
SUPER MARKET
ΜΠΟΥΡΜΠΟΥ ΛΗΘΡΑΣ
Η

ΙΘΟΥ
ΩΙΚΗ ΔΙΑΣΩΣΗ

Μετά από μια εβδομάδα στο νοσοκομείο του βυθού, ο Κούλης ξεκίνησε τα μαθήματα στη Σχολή των Ιπποτών.
Πρώτος στην ξιφασκία, την τοξοβολία, στην ιππασία και τα αγωνίσματα. Λίγο σκούρα τα βρήκε στη διατροφή. Έτρωγε.......

Φύκια.
Τσάι από φύκια.
Φύκια σούπα με πλαγκτόν.
Φύκια σουφλέ.
Φύκια σαλάτα με ψωμί.
Φύκια με φύκια για ποικιλία.
Φύκια στην κατσαρόλα με σάλτσα.
Πίτα με φύκια.
Μπισκότα με φύκια.
Χυμό από φύκια.

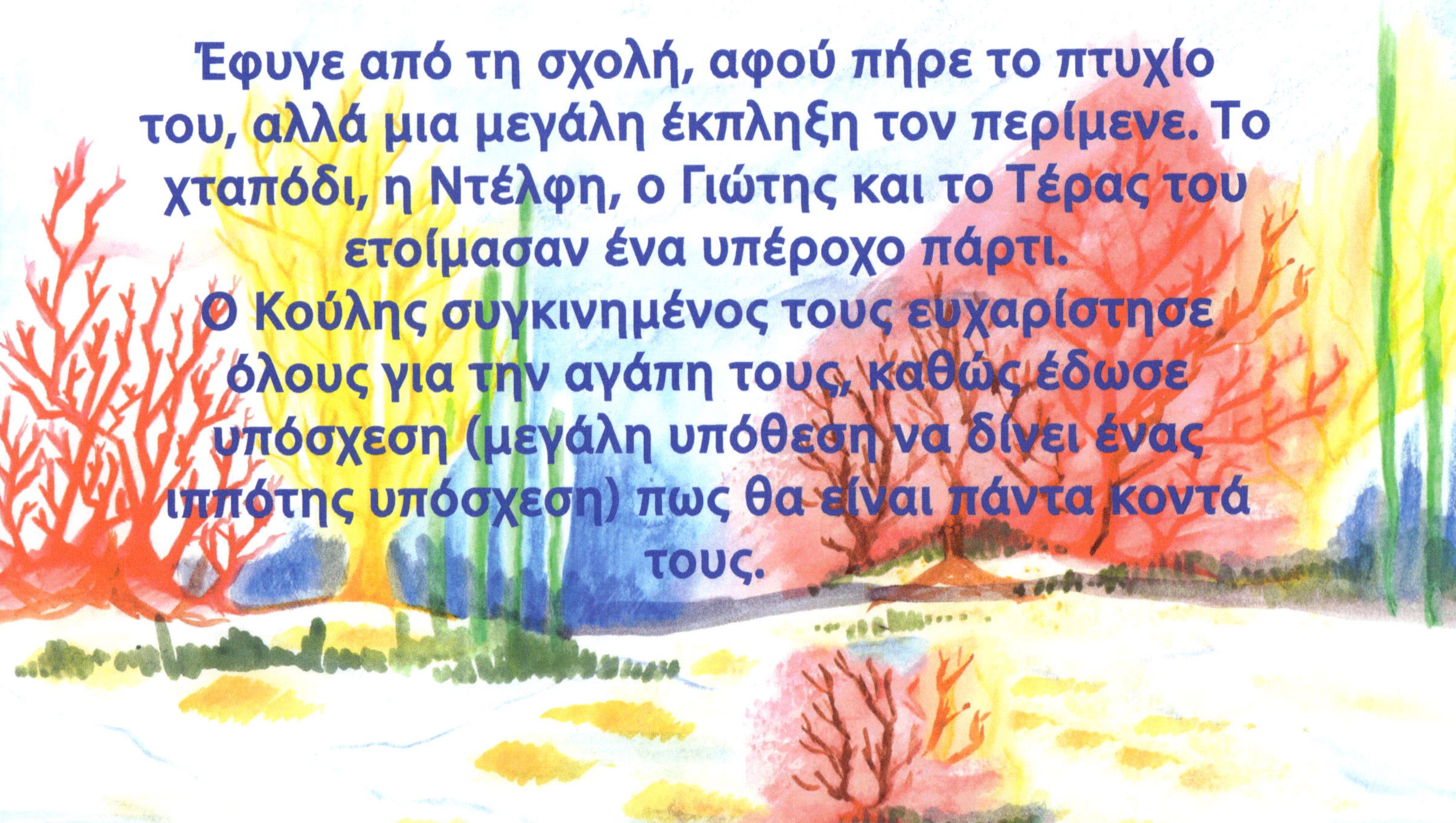

Έφυγε από τη σχολή, αφού πήρε το πτυχίο του, αλλά μια μεγάλη έκπληξη τον περίμενε. Το χταπόδι, η Ντέλφη, ο Γιώτης και το Τέρας του ετοίμασαν ένα υπέροχο πάρτι.
Ο Κούλης συγκινημένος τους ευχαρίστησε όλους για την αγάπη τους, καθώς έδωσε υπόσχεση (μεγάλη υπόθεση να δίνει ένας ιππότης υπόσχεση) πως θα είναι πάντα κοντά τους.

Έμαθε όλους τους κανόνες απ' έξω.

ΚΑΝΟΝΕΣ ΕΝΟΣ ΚΑΛΟΥ ΙΠΠΟΤΗ
1. ΝΑ ΕΙΝΑΙ ΔΙΚΑΙΟΣ
2. ΝΑ ΧΑΜΟΓΕΛΑ ΑΚΟΜΗ ΚΑΙ ΣΤΑ ΔΥΣΚΟΛΑ
3. ΝΑ ΕΧΕΙ ΘΑΡΡΟΣ
4. ΝΑ ΤΡΩΕΙ ΥΓΙΕΙΝΕΣ ΤΡΟΦΕΣ
5. ΝΑ ΕΙΝΑΙ ΕΥΓΕΝΙΚΟΣ (ΝΑ ΛΕΕΙ ΠΑΝΤΑ ΕΥΧΑΡΙΣΤΩ-ΠΑΡΑΚΑΛΩ)
6. ΝΑ ΕΙΝΑΙ ΓΕΝΝΑΙΟΔΩΡΟΣ
7. ΝΑ ΒΟΗΘΑΕΙ ΟΠΟΙΟΝ ΕΧΕΙ ΑΝΑΓΚΗ
8. ΝΑ ΕΙΝΑΙ ΕΤΟΙΜΟΣ ΝΑ ΚΑΝΕΙ ΩΡΑΙΕΣ ΠΡΑΞΕΙΣ ΓΙΑ ΤΗΝ ΑΓΑΠΗΜΕΝΗ ΤΟΥ
9. ΝΑ ΣΕΒΕΤΑΙ ΤΟΥΣ ΑΛΛΟΥΣ ΚΑΙ ΤΟ ΠΕΡΙΒΑΛΛΟΝ
10. ΝΑ ΕΙΝΑΙ ΤΙΜΙΟΣ ΚΑΙ ΝΑ ΣΥΝΕΡΓΑΖΕΤΑΙ
11. ΝΑ ΑΓΑΠΑ ΤΗΝ ΕΙΡΗΝΗ ΚΑΙ ΤΗΝ ΕΛΕΥΘΕΡΙΑ.

Έμαθε όλους τους κανόνες απ' έξω.

Το Τέρας Ντε-λα-τέρας
δέχτηκε
ένα τηλεφώνημα
από τον εκδότη του,
τον κύριο Ροφό.
«Εκδρομείς κατασκήνωσαν
στην παραλία της Ρέτας,
της όμορφης καρέτας.
-Η Ρέτα και οι φίλες της δεν μπορούν να
γεννήσουν τα αυγά τους, είπε το Τέρας.
-Πάμε, φώναξε ο Κούλης.
Είμαι έτοιμος!
ακούστηκε δυνατά
η φωνή του ιππότη.

-Ούι μανούλα μου ιπποκαμπίνα, κλάψε τον γιο σου.
Να ξέρεις δεν αγαπώ τα όπλα.
-Δε χρειαζόμαστε όπλα Γιώτη, παρά μόνο μυαλό για να τους νικήσουμε,
ειδοποίησε και τους υπόλοιπους αστακούς να έρθουν. Έχω ένα σχέδιο, είπε ο Κούλης.

Μόλις έφτασαν, ο Κούλης προετοίμασε τους αστακούς για μάχη. Μια περίεργη θέση μάχης. Ο ένας επάνω στον άλλον σχημάτισαν ένα **υψηλό τείχος**, ενωμένοι. Προχώρησαν σε σχηματισμό, έτσι ώστε να τρομάξουν όλοι, μόλις τους αντικρίσουν.

Πρώτος με την πανοπλία του
και με αέρα ιππότη έδωσε το σύνθημα.
-Έτοιμοι!

Οι αστακοί, σε σχεδιασμό
προχωρούσαν. Ήταν πανύψηλοι.
Μόλις βγήκαν από τη θάλασσα και τους
αντίκρισαν όσοι κολυμπούσαν κι όσοι λιάζονταν
στην αμμουδιά τρόμαξαν, φώναξαν: «ΤΕΡΑΣ, ΤΕΡΑΣ!».

Τράβηξαν τις ομπρέλες και τις ξαπλώστρες, σπρώχτηκαν και έφυγαν. Μεγάλη ταραχή επικράτησε.
Στην αναμπουμπούλα ο Κούλης έδωσε σύνθημα: «Έτοιμοι; Πάμε!»

Ο Κούλης
με τους φίλους του
κατάφεραν να διώξουν
απο την παραλία όλους
τους ανθρώπους που
κατασκήνωσαν.
Ένας παράξενος τύπος
κοιτούσε
με μια απόχη στο χέρι του.

-Συμβαίνει κάτι, κύριε;
-Ναι μικρέ, έχω όρεξη για αστακό, του απάντησε με θράσος.
-Να σου λείπουν τα αστεία, αρκετά τραβάμε όλοι εμείς οι αστακοί, για να τρώτε εσείς **αστακομακαρονάδες**.
Πήρε φόρα ο Κούλης και δάγκωσε τον κύριο με την απόχη, ο οποίος το έβαλε στα πόδια και όπου φύγει φύγει!

Ο Γιώτης με χαρά είπε:
-Τα κατάφερες, Κούλη μπράβο σου!
-Τα καταφέραμε Γιώτη, τα καταφέραμε όλοι μαζί!
Το Τέρας Ντε-λα-τέρας έστειλε ανταπόκριση στον κύριο Ροφό, για να μάθουν όλοι πως:
«Η παραλία της Ρέτας είναι μόνο για τη Ρέτα και τις φίλες της καρέτα-καρέτα, απαγορεύεται το κολύμπι»
Οι χελώνες τους ευχαρίστησαν όλους για την πολύτιμη βοήθεια.

Ο Κούλης έδωσε συνεντεύξεις στις εφημερίδες.
Τα νέα έφτασαν στα αυτιά της Ρεγγίνας, η οποία
ήρθε να τον συγχαρεί με φιλιά και μια μεγάλη
αγκαλιά.
Άλλωστε το είπε καθαρά.
Θα αγαπήσει αυτόν που περιπέτειες στη ζωή
του θα τολμήσει.
Πιο καθαρά δε γίνεται.

Ο Κούλης τόλμησε, όχι μόνο για τη Ρεγγίνα,
αλλά, για να χαρίσει χαμόγελα στους κατοίκους
της θάλασσας.

Μόλις την αντίκρισε ζαλίστηκε από την ομορφιά
της, την πελαγίσια χάρη και τα γαργαλιστά φιλιά
της. Ταραγμένος τη ρώτησε:
-Ο γιος του σπάρου;
-Αχ, γλυκέ μου
Κούλη,
της καρδιάς μου
ιππότη,
και της ζωής μου
Δον Κιχώτη,
δεν έχω μάτια
παρά μόνο για σένα,
του είπε γλυκά.
Ο Κούλης τότε,
τραγούδησε με χαρά
και χαμόγελα αστραφτερά.

Στο βυθό δεν είναι άλλη
ούτε και στο περιγιάλι.
Πιο λαχταριστή και φίνα,
ρέγγα όμορφη Ρεγγίνα.
Σε κοιτώ και αναστενάζω
κι όλο πιο βαθιά βουλιάζω.
Πάω κάτω και πιο κάτω
μέχρι που να πιάσω πάτο.
Εκεί βρίσκω ένα κοχύλι
με μισάνοιχτα τα χείλη,
που μου λέει όλο χάρη.
—Θες ένα μαργαριτάρι;
—Ναι, του λέω.
Μου το δίνει!
Και ανεβαίνω
με μια δίνη.
Να σου
το προσφέρω θέλω,
για να
δεις
πόσο σε θέλω.
Ρέγγα
όμορφη
Ρεγγίνα
της καρδιάς μου
μπαλαρίνα!

Από εκείνη την ημέρα ο Ιππότης Κούλης και η
Ρεγγίνα ήταν αχώριστοι. Εκείνος ιππότης των
επτά θαλασσών και εκείνη πρίμα μπαλαρίνα
στα μπαλέτα του Βυθού.
Ο Γιώτης έμεινε δίπλα στον καλό του φίλο, για
να τον βοηθά.
Το Τέρας Ντε-λα-τέρας, έγινε ξακουστός και
ρεπόρτερ μοναδικός σε θάλασσες κι ωκεανούς.
Όλοι μαζί έδωσαν μια υπόσχεση, πως η
θάλασσα τους ανήκει, είναι το σπίτι τους και
δεν πρόκειται να αφήσουν κανέναν να την
καταστρέψει γιατί είναι πολύτιμη.
Αν θέλετε και εσείς να βοηθήσετε τον Κούλη
και την παρέα του να θυμάστε, κάθε φορά
που βρίσκεστε στη θάλασσα ότι μπορεί να
εμφανιστεί δίπλα σας, έτοιμος
να προστατεύσει
τις θάλασσες.

τέλος